節義傳

魯孝義保

孝義保者魯孝公稱之保母臧氏之寡也初孝公公
武公與其二子長子括中子戲朝周宣王宣王立戲
為魯太子武公薨戲立是為懿公孝公時號公子稱
最少義保與其子俱入宮養公子稱括之子伯御與
魯人作亂攻殺懿公而自立求公子稱于宮將殺之
義保聞伯御將殺稱乃衣其子以稱之衣卧于稱之
處伯御殺之義保遂抱稱以出遇稱舅魯大夫于外

男問稱死乎義保曰不死在此男曰何以得免義保
曰以吾子代之義保遂以逃十一年魯大夫皆知稱
之在保于是請周天子殺伯御立稱是為孝公魯人
高之論語曰可以託六尺之孤其義保之謂也

頌曰

伯御作亂　田魯宮闕　孝公乳保　臧氏之母
逃匿孝公　易以其子　保母若斯　亦誠足恃

五卷

二

楚成鄭瞀

鄭瞀者鄭女之嬴媵楚成王之夫人也初成王登臺臨後宮人皆傾觀子瞀直行不顧徐步不變王曰行者顧子瞀不顧王曰顧吾以女為夫人子瞀復不顧王曰顧吾又與女千金而封若父兄子瞀遂不顧于是王下臺而問曰夫人重位也封爵厚祿也一顧可以得之而遂不顧何也子瞀曰妾聞婦人以端正和顏為容今者大王在臺上而妾顧則是失儀節也不顧告以夫人之尊示以封爵之重而後顧則是妾貪貴樂利以忘義理也苟忘義理何以事王王曰善遂立以為夫人處期年王將立公子商臣以為太子王問之于令尹子上子上曰君之齒未也而又多寵子瞀置而黜之必為亂矣且其人蠭目而豺聲忍人也不可立也王退而問于夫人子瞀曰令尹之言信可從也王不聽遂立之其後商臣以子上救蔡之事諸子上而殺之子瞀謂其保曰吾聞婦人之事在于饋食之間而已雖然心之所見吾不能藏夫昔者子上言太子之不可立也太子怨之譖而殺之王不明察遂辜無罪是白黑顛倒上下錯謬也王多寵子皆欲導國太子貪忍忍夫其亦王又不明無以焦

庶嬖分爭，禍必興焉。後王又欲立公子職之
庶弟也。子瞀退而與其保言曰：吾聞信不見疑，今者
王必將以職易太子，吾懼禍亂之作也，而言之于王。
王不應。其以太子為非吾子，疑吾譖之者乎？夫見疑
而生，衆人孰知其不然，與其無義而生，不如死以明
之。且王聞吾死，必寤太子之不可釋也，遂自殺。保母
以其言通于王。是時太子知王之欲廢之也，遂興師
作亂，圍王宮。王請食熊蟠而死，不可得也，遂自經。君
子曰：非至仁孰能以身試。詩曰：舍命不渝，此之謂也。

頌曰：
子瞀先識，執節有常，興于不顧，卒醢成王，
知商臣亂，言之甚強，自嬖非子，以殺身盟。

晉圉懷嬴

懷嬴者秦穆公之女晉惠公太子之妃也圉質于秦
穆公以嬴妻之六季圉將逃歸謂嬴氏曰吾去國數
年子父之接忘而秦晉之友不加親也夫鳥飛反鄉
狐死首立我其首晉而死子其與我行乎嬴氏對曰
子晉太子也辱于秦子之欲去不亦宜乎雖然寡君
使婢子侍執巾櫛以固子也今吾不足以結子是吾
不肯也從子而歸是棄君也言子之謀是負妻之義
也三者無一可行雖吾不從子也子行矣吾不敢泄
言亦不敢從也子圉遂逃歸君子謂懷嬴善處夫婦

之間

頌曰

晉圉質秦　配以懷嬴　嬴圉將遁　嬴不肯聽
亦不泄言　操心甚平　不告而從　無所阿傾

五卷

六

楚昭越姬者越王勾踐之女楚昭王之姬也昭王讌
遊蔡姬在左越姬參右王親乘駟以馳逐遂登附社
之臺以望雲夢之囿觀士大夫逐者既驩乃顧謂二
姬曰樂乎蔡姬對曰樂王曰吾願與子生若此死又
若此蔡姬曰昔敝邑寡君固以眾黎民之役事君王
之馬足故一婢子之身為蔋苴玩好令乃比于妃嬪
固顧生俱樂死同時王顧謂史書之蔡姬許從孤死
矣乃復謂越姬越姬對曰樂則樂矣然而不可久也
王曰吾願與子生若此死若此其不可得乎越姬對

五卷　七

曰昔者吾先君莊王淫樂三年不聽政事終而能改
卒霸天下妾以君王為能法吾先君將改斯樂而勤
於政也今則不然而要婢子以死其可得乎且君王
以束帛乘馬取婢子于蘩邑寡君受之太廟也不約
死妾聞之諸姑婦人以死彰君之善益君之寵不聞
其以苟從其闇死為榮妾不敢聞命于是王寤蔡越
姬之言而猶親壁蔡姬也居二十五年王救陳越姬
從王病在軍中有赤雲夾日如飛鳥王問周史史曰
是害王身然可移於將相將相聞之將請以身禱
于神王曰將相之於孤猶股肱也今移禍焉庸為去

是君子不聽越姬曰大哉君王之德以是妾願從王
矣昔日之遊燕樂也是以不敢許及君王復于禮國
人皆將為君王死而況于妾乎請願先驅狐狸于地
下王曰昔之遊樂吾戲耳若將必死是彰孤之不德
也越姬曰昔者妾雖口不言心既許之矣妾聞信者
不負其心義者不虛設其事妾死王之義不死王之
好也遂自殺王病甚讓位于三弟三弟不聽王薨于
軍中蔡姬竟不能死王弟子閭與子西子期謀曰母
信者其子必仁乃伏師閉壁迎越姬之子熊章立是
為惠王然後罷兵歸葬昭王君子謂越姬信能死義

詩曰德音莫違及爾同死越姬之謂也

頌曰
楚昭遊樂　要姬從死　蔡姬許王　越姬執禮
終獨死節　群臣嘉美　維斯兩姬　其德不比

蓋將之妻

蓋之偏將丘子之妻也戎伐蓋殺其君令于蓋群臣
曰敢有自殺者妻子盡誅丘子自殺人救之不得死
既歸其妻謂之曰吾聞將節勇而不果生故士民盡
力而不畏死是以戰勝攻取故能存國安君夫戰而
忘勇非孝也君亡不死非忠也今軍敗君死子獨可
生忠孝忘于身何忍以歸丘子曰蓋小戎大吾力畢
骸盡君不幸而死吾固自殺也以救故不得死其妻
曰曩日有救令又何也丘子曰吾非愛身也戎令曰
自殺者誅及妻子是以不死死又何益于君其妻曰

吾聞之，主憂臣辱，主辱臣死。今君死而子不死，可謂義乎？多殺士民，不能存國而自活，可謂仁乎？憂妻子而忘仁義，背故君而事強暴，可謂忠乎？人無忠臣之道、仁義之行，可謂賢乎？周書曰：先君而後臣，先父母而後兄弟，先兄弟而後交友，先交友而後妻子。妻子，私愛也；事君，公義也。今子以妻子之故，失人臣之節，無事君之禮，棄忠臣之公道，營妻子之私愛，偷生苟活，妾耻之，況于子乎！吾不能與子蒙耻而生焉。遂自殺。戎君賢之，祠以大牢，而以將禮葬之，賜其弟金百鎰，以為卿，而使別治蓋。君子謂蓋將之妻潔而好義。詩曰：淑人君子，其德不回。此之謂也。

頌曰：

蓋將之妻　據節銳情　戎既滅蓋　丘子獨生
妻耻不死　陳設五榮　為夫先死　卒遺顯名

魯義姑姊

魯義姑姊者魯野之婦人也齊攻魯至郊望見一婦
人抱一兒攜一兒而行軍且及之棄其所抱
攜而走山兒隨而啼婦人遂行不顧齊將問兒曰走
者爾母耶曰是也母所抱者誰也曰不知也齊將乃
追之軍士引弓將射之曰止不止吾將射爾婦人乃
還齊將問所抱者誰也所棄者誰也對曰所抱者妾
兄之子也所棄者妾之子也見軍之至力不能兩護
故棄妾之子齊將曰子之于母其親愛也痛甚于心
今釋之而反抱兄之子何也婦人曰己之子私愛也

兄之子公甫也夫背公甫而嚮私愛卞兄子而存襃子幸而得幸則魯君不吾畜大夫不吾養庶民國人不吾與也夫如是則脅肩無所容而累足無所履也子雖痛乎獨謂襃何故忍棄子而行襃不能無襃而視魯國于是齊將按兵而止使人言于齊君曰魯未可伐也乃至于境山澤之婦人耳猶知持節行義不以私害公而況于朝臣士大夫乎請還齊君許之魯君聞之賜婦人束帛百端號曰義姑姊公正誠信果于行襃夫襃其大我雖在匹婦國猶賴之兄以禮襃治國乎詩云有覺德行四國順之此之謂也

頌曰
齊君攻魯　襃姑有節
見軍走山　棄子抱姪
齊將問之　賢其推理
號婦為襃　齊兵遂止

代趙夫人

代趙夫人者趙簡子之女襄子之姊代王之夫人也
簡子既葬襄子未除服馳登夏屋誘代王使廚人持
斗以食代王及從者行斟陰令宰人各以一斗擊殺
代王及從者因舉兵平代地而迎其姊趙夫人夫人
曰吾受先君之命事代王今十有餘年矣代無大故
而主君殘之今代巳亡吾將奚歸且吾聞之婦人執
義無二夫吾豈有二夫哉欸迎我何之以弟慢夫非
義也以夫怨弟非仁也吾怨然亦不歸遂泣而
呼天自殺于磨笄之地代人皆懷之君子謂趙夫人

善慶夫婦之間詩云不偕不賊鮮不為則此之謂也

頌曰

惟趙襄子　代夫人弟　厭滅代王　迎取其姊

姊引義理　稱說節禮　不歸不怨　遂留野死

五卷　十四

齊義繼母

齊義繼母者齊二子之母也當宣王時有人鬭死于道者吏訊之被一創二子兄弟立其傍吏問之兄曰我殺之弟曰非兄也乃我殺之期年吏不能決言之于相相不能決言之于王王曰今皆赦之是縱有罪也皆殺之是誅無辜也寡人度其母能知子善惡試問其母聽其所欲殺活相召其母問之曰母之子殺人兄弟欲相代死吏不能決言之于王王有仁惠故問母何所欲殺活其母泣而對曰殺其少者相愛其言因而問之曰夫少子者人之所愛也今欲殺之何

也其母對曰少者妾之子也長者前妻之子也其父疾且死之時屬之于妾曰善養視之妾曰諾今既受人之託許人以諾豈可以忘人之託而不信其諾耶且殺兄活弟是以私愛廢公義也背言忘信是欺死者也夫言不約束已諾不分何以居於世哉子雖痛乎獨謂行何泣下沾襟相入言于王王美其義高其行皆赦不殺而尊其母號曰義母君子謂義母信而好義潔而有讓詩曰愷悌君子四方為則此之謂也

頌曰

義繼信誠　公正知禮　親假有罪　相讓不已

更不能決　王以問母　據信行愻　卒免

五卷

十六

二二三

魯秋潔婦

潔婦者魯秋胡子妻也既納之五日去而官于陳五
年乃歸未至家見路傍婦人採桑秋胡子悅之下車
謂曰若曝採桑吾行道遠願託桑蔭下湌下齎休焉
婦人採桑不輟秋胡子謂曰力田不如逢豐年力桑
不如見國卿吾有金願以與夫人婦人曰嘻夫採桑
力作紡績織紝以供衣食奉二親養夫子吾不願金
所願卿無有外意妾亦無淫佚之志收子之齎與笥
金秋胡子遂去至家奉金遺母使人喚婦至乃向採
桑者也秋胡子慙婦曰子束髮辭親往仕五年乃還
當麗悅馳驟揚塵疾至今也乃悅路傍婦人下子之
糧以金予之是忘母也忘母不孝好色淫佚是污行
也污行不義交事親不孝則事君不忠處家不義則
治官不理孝義並忘必不遂矣妾不忍見子改娶矣
妾亦不嫁遂去而東走投河而死君子曰潔婦精于
善夫不孝莫大于不愛其親而愛其人秋胡子有之
矣君子曰見善如不及見不善如探湯秋胡子婦之
謂也詩云惟是褊心是以為刺此之謂也

頌曰

秋胡西仕　五年乃歸　遇妻不識　心有淫思

妻執無二　歸而相知　恥夫無義　遼東赴河
五卷
十八

周主忠妾

周主忠妾者周大夫妻之媵妾也大夫號主父自衛
仕于周二年且歸其妻淫于鄰人恐主父覺其淫者
憂之妻曰無憂也吾為毒酒封以待之矣三日主父
至其妻曰吾為子勞封酒相待使媵婢取酒而進之
媵婢心知其毒酒也計念進之則殺主父
又殺主母不忠猶豫因陽僵覆酒主大怒而笞之既
巳妻恐媵婢言之因以他過笞殺之媵知將死終
不言主父弟聞其事具以告主父驚乃免媵婢
而笞殺其妻使人陰問媵婢曰汝知其事何以不言

而反幾死乎媵婢曰殺主以自生又有辱主之名吾
死則死耳豈言之哉主父高其義貴其意將納以為
妻媵婢辭曰主辱而死而妾獨生是無禮也代主之
死又伐其功是逆禮也無禮逆禮有一猶愈今盡有之難以生
矣欲自殺主聞之乃厚幣而嫁之四鄰爭娶之君子
謂忠妾為仁厚夫名無細而不聞行無隱而不彰詩
云無言不讎無德不報此之謂也

頌曰

周主忠妾　慈惠有序　主妻淫僻　藥酒毒主
使妾奉進　僵以除賊　忠全其主　終蒙其福

魏節乳母

魏節乳母者魏公子之乳母秦攻魏破之殺魏主瑕
誅諸公子而一公子不得令魏國曰得公子者賜金
千鎰匿之者罪至夷節乳母與公子俱逃魏之故臣
見乳母而識之曰乳母無恙乎乳母曰嗟乎吾奈公
子何故臣曰今公子安在吾聞秦令者有能得公子
者賜金千鎰匿之者罪至夷乳母儻言之則可以得
千金知而不言則昆弟無類矣乳母曰吁我不知公
子之處故臣曰我聞公子與乳母俱逃母曰吾雖知
之亦終不可以言故臣曰今魏國亦破亡族已滅子

匿之尚誰為乎母吁而言曰夫見利而反上者逆也畏死而棄義者亂也今持逆亂而以求利吾不為也且夫凡為人養子者務生之非為殺之也豈可利賞畏誅之故廢正義而行逆節哉妾不能生而令公子擒也遂抱公子逃于深澤之中故臣以告秦軍秦軍追見爭射之乳母以身為公子蔽矢著身者數十與公子俱死秦王聞之貴其守忠死義乃以卿禮葬之祠以大牢寵其兄為五大夫賜金百鎰君子謂節乳母慈惠敦厚重義輕財為孺子室于宮擇諸母及阿者必求其寬仁慈惠溫良恭敬慎而寡言者使為

子師次為慈母次為保母皆居子室以養全之他人無事不得往夫慈故能愛乳狗搏人伏雞搏狸恩出于中心也詩云行有死人尚或墐之此之謂也

頌曰

秦既滅魏　購其子孫　公子乳母　與俱遁逃　守節執事　不為利違　遂死不顧　名號顯遵

梁節姑姊

梁節姑姊者梁之婦人也因失火兄子與其己子在
火中欲取兄子輒得其子獨不得兄子火盛不得復
入婦人將自趣火其人止之曰子本欲取兄之子惶
怨卒惶得爾子中心謂何何至自趣火婦人曰梁國
豈可戶告人曉也被不義之名何面目以見兄弟國
人乎吾欲復投吾子為失母之恩吾勢不可以生遂
赴火而死君子謂節姑姊潔而不污詩曰彼其之子
舍命不渝此之謂也

頌曰

梁節姑姊　據豪執理　子姪同內　火大發譊
敢出其姪　輒得厭子　火盛自投　明不私己
五卷
二十三

二義者珠崖令之後妻及前妻之女也女名初年十
三珠崖多珠繼母連大珠以為繫臂及令死當送喪
法內珠入于關者死繼母棄其繫臂珠其子男年九
歲好而取之置之母鏡奩中皆莫之知遂奉喪歸至
海關候士吏搜索得珠十枚于繼母鏡奩中吏曰
嘻此值法無可柰何誰當坐者初在左右顧心恐母
云置鏡奩中乃曰初當坐之吏曰其狀何如對曰君
不幸夫人解繫臂棄之初心惜之取而置夫人鏡奩
中夫人不知也繼母聞之遽疾行問初二曰夫人所

棄珠初復取之置夫人奩中初當坐之母意亦以初
為實然憐之乃因謂吏曰頤且待幸無劾兒誠不
知也此珠妾之繫臂也君不幸妾解去之而置奩中
迫奉喪道遠與弱小俱忽忘之妾當坐之初固曰
實初取之繼母又曰兒但讓耳實妾取之因涕泣不
能自禁女亦曰夫人哀初之孤欲強活初身夫人實
不知也又因哭泣泣下交頸送葬者盡哭哀慟傍人
莫不為酸鼻揮涕關吏執筆劾不能就一字關候
垂泣終日不能忍決乃曰母子有義如此吾寧坐之
不忍加文且又相讓安知孰是遂棄珠而遣之既書

後乃知男獨取之也君子謂二義慈孝論語曰父為
子隱子為父隱直在其中矣若繼母與假女推讓爭
死褒感傍人可謂直耳

頌曰

珠崖夫人　甚有母恩　假繼相讓　維女亦賢
納珠于闕　各有伏慈　二蒙如此　為世所傳

五卷

二十五

邰陽友娣

友娣者，邰陽邑任延壽之妻也，字季兒，有三子。季兒兄季宗與延壽爭葬父事，延壽與其友田建陰殺季宗。建獨坐死，延壽會赦，乃以告季兒曰：「吾殺季宗也。」季兒曰：「嘻，獨今乃語我乎！」遂振衣欲去。問曰：「所與殺吾兄者為誰？」延壽曰：「田建。田建已死，獨我當坐之，汝殺我而已。」季兒曰：「殺夫不義，事兄之讐亦不義。」延壽曰：「吾不敢留汝，願以車馬及家中財物，盡以送汝，聽汝所之。」季兒曰：「吾當安之，兄死而讐不報，與子同枕席，而使殺吾兄，內不能和夫家，又縱兄之讐，何面目以生而戴天履地乎！」延壽慚而去，不敢見季兒。季兒乃告其大女曰：「汝父殺吾兄，義不可以留，又終不復嫁矣。吾去汝而死，善視汝兩弟。」遂以身自經而死。馮翊王讓聞之，大其義，令縣復其三子而表其墓。君子謂友娣善復兄讐。詩曰：「不僭不賊，鮮不為則。」季兒可以為則矣。

頌曰：

季兒樹義　夫殺其兄　欲復兄讐　義不可行
不留不去　遂以自殃　馮翊表墓　嘉其義明

京師節女

京師節女者長安大昌里人之妻也其夫有讐人欲報其夫而無道徑聞其妻之仁孝有義乃刦其妻之父使要其女為中謠父呼其女告之女計念不聽之則殺父不孝聽之則殺夫不義不孝不義雖生不可以行于世欲以旬當之乃且許諾曰旦日在樓上新沐東首臥則是矣妾請開戶牖待之還其家乃告其夫使臥他所因自沐居樓上東首開戶牖而臥夜半讐家果至斷頭持去明而視之乃其妻之頭也讐人哀痛之以為有義遂釋不殺其夫君子謂節女仁孝

厚於恩兼也夫重仁兼輕死十行之高者也論語曰
君子殺身以成仁無求生以害仁此之謂也
頌曰
京師節女　夫讎劫父　要女間之　不敢不許
期處既成　乃易其所　殺身成仁　兼冠天下

魏氏上谷士人趙天武妻民魏九思之女也幼端肅寡言笑年十五趙迎而室焉歸二載生一子璇方五月趙病魏調侍粥藥踰月晝夜不就枕席趙病倍劇魏欲同死趙囑以養親撫幼魏泣天謂曰少聞婦道從一生而孝不如死而榮遂對趙剌面毀容誓死不二趙卒魏年甫十七悲涕哽咽而繼之以血勺水不入口大飲浚翁姑以遺囑哭勸始起而食粥執喪甘淡素操井臼紡績供親蒸勤備至足不出戶閫越歲餘姑亦隨逝繼姑歆奪其守挫析萬態抵死不從戚媼亦憐而勸嫁魏正色言曰人以禮義為本棄義失守與禽獸何異初志本欲殉夫死固承遺命故勉為未亡人今繼姑雖不我諒惟竭力盡職而已即縊身何恤也姑患頭痛親嘗藥跪奉食孝事愈恭節操愈勵歷四十餘年如一日終致姑悅課璇以易補庠員內外皆稱其貞賢有司以事開於朝坊表為節孝婦免丁侍養終身

猗歟魏母毓德名族貞於夫子孝於舅姑
慈育厥子惟懷永圖樹楔表宅先生白屋

劉向古列女傳卷之六

辯通傳

齊管妾婧

妾婧者齊相管仲之妾也審戚歌見桓公道無從乃
為人僕將車宿齊東門之外桓公因出審戚擊牛角
而商歌甚悲桓公異之使管仲迎之審戚稱曰浩浩
乎白水管仲不知所謂不朝五日而有憂色其妾婧
進曰今君不朝五日而有憂色敢問國家之事邪君
之謀也管仲曰非汝所知也婧曰妾聞之也毋老之
毋賤之毋少之毋弱之管仲曰何謂也昔者太公望

六卷

年七十屠牛于朝歌市八十為天子師九十而封于
齊由是觀之老可老耶夫伊尹有莘氏之媵臣也湯
立以為三公天下之治太平由是觀之少可少耶駃騠生七日
而超其母由是觀之弱可弱耶于是管仲乃下席而
謝曰吾請語子其故昔日公使我迎甯戚甯戚曰
浩乎白水吾不知其所謂是故憂之其妾笑曰人也
語君矣君不知識矣古有白水之詩詩不云乎浩浩
白水儵儵之魚君来召我我將安居國家未定從我
焉如此甯戚之歌得仕國家也管仲大悦以報桓公

桓公乃修官職齋戒五日見甯子因以為相齊國以
治君子謂妾婧為可與謀詩云先民有言詢于芻蕘
此之謂也

頌曰

桓遇甯戚　命管迎之
甯稱白水　管仲憂疑
妾進問焉　為說其詩
管嘉報公　甯得以治

楚江乙母

楚大夫江乙之母也當恭王之時乙為邺大夫有人
王宮中盜者令尹以罪乙請于王而絀之虞家無幾
何其母亡布八尋乃往言于王曰妾夜亡布八尋令
尹盜之王方在小曲之臺令尹侍焉王謂母曰令尹
信盜之寡人不為其富貴而不行法焉若不盜而誣
之楚國有常法母曰令尹不身盜之也乃使人盜之
王曰其使人盜奈何對曰昔孫叔敖之為令尹也道
不拾遺門不閉關而盜賊自息今令尹之治也耳目
不明盜賊公行是故使盜得盜姜之布是與使人盜

何以異也王曰令尹在上冠盜在下令尹不知有何
罪焉母曰吁何大王之言過也昔者妾之子為郢大
夫有盜王宮中之物者妾子坐而繼妾子亦豈知之
哉然終坐之令尹獨何人而不以是為過也昔者周
武王有言曰百姓有過罪予一人上不明則下不治
相不賢則國不寧而謂國無人者非無人也無理人
者也王其察之王曰善非徒譏令尹又譏寡人命吏
償吾頌之布曰賜金千鎰母讓金布曰妾豈貪貨而失
大王教怨令尹之治也遂去不肯受王曰母智若此以
其子必不愚乃復召江乙而用之君子謂乙母善以
微喻詩云猷之未遠是用大諫此之謂也

六卷　四

頌曰

江乙失位　指責令尹
乙母動心　辭甚有度
既歸家庭　王復用乙
下布八壽　賜母金布

晉弓工妻

弓工妻者晉繁人之女也當平公之時使其夫為弓
三年乃成平公引弓而射不穿一札平公怒將殺弓
人弓人之妻請見曰繁人之子弓人之妻也願有謁
于君平公見之妻曰君聞昔者公劉之行乎羊牛踐
葭葦惻然為痛之恩及草木豈歟殺不辜者乎秦穆
公有盜食其駿馬之肉反飲之以酒楚莊王臣援其
夫人之衣而絕纓與飲大樂此三君者仁著于天下
卒享其報名垂至今昔帝堯茅茨不剪采椽不斲土
階三等猶以為之勞居之者逸也今妾之夫治

造此弓其為之亦勞其幹生于太山之阿一日三觀
陰三觀陽傳以燕牛之角纏以荆麋之筋糊以阿魚
之膠此四者皆天下之妙選也而君不能以穿一札
是君不能射也而反欲殺妾之夫不亦謬乎妾聞射
之道左手如拒右手如附枝右手發之左手不知此
盖射之道也平公以其言而射穿七札繁人之夫立
得出而賜金三鎰君子謂弓工妻可與處難詩曰敦
于既堅舍矢既鈞言言射有法也

頌曰

晋平作弓　三年乃成　公怒弓工　將加以刑
妻往說公　陳其幹材　列其勞苦　公遂釋之

齊傷槐女

齊傷槐女者傷槐衍之女也名婧景公有所愛槐使
人守之植木懸之下令曰犯槐者刑傷槐者死于是
衍醉而傷槐景公聞之曰是先犯我令使吏拘之且
加罪焉婧懼乃造于相晏子之門曰賤妾不勝其欲
顧得備數于下晏子聞之笑曰嬰有淫色乎何為老
而見奔殆有說內之至我既入門晏子望見之曰怪
我有深憂進而問焉對曰妾父衍幸得充城郭為公
民見陰陽不調風雨不時五穀不滋之故禱祠于名
山神女不勝麴櫱之味先犯君令醉至于此罪固當

死妾聞明君之蒞國也不損祿而加刑又不以私恚
害公法不為六畜傷民人不為野草傷禾苗昔者宋
景公之時大旱三年不雨召太卜而卜之曰當以人
祀之景公乃降堂北面稽首曰吾所以請雨者乃為吾
民也今必當以人祀寡人請自當之言未卒而天大雨
方千里所以然者何也以能順天慈民也今吾君樹
槐令犯者死傷槐之故殺婧之父孤妾之身妾恐傷
執政之法而害明君之義也鄰國聞之皆謂君愛樹
而賊人其可乎晏子惕然而悟明日朝謂景公曰嬰
聞之窮民財力謂之暴崇玩好嚴威令謂之逆刑殺

不正謂之賊夫三者守國之大殃也今君窮民財力
以美飲食之具繁鐘鼓之樂極宮室之觀行暴之大
者也崇玩好嚴威令是逆民之明者也犯槐者刑傷
槐者死刑殺不正是賊民之深者也公曰寡人敬受
命晏子出景公即時命罷守槐之役拔植懸之木廢
傷槐之法出犯槐之囚君子曰傷槐女能以辭免詩
云是究是圖亶其然乎此之謂也

頌曰

景公愛槐　民醉折傷　景公將殺　其女悼惶
奔告晏子　稱說先王　晏子為言　遂免父

楚野辯女

楚野辯女者昭氏之妻也鄭簡公使大夫聘于荆至
于狹路有一婦人乘車與大夫轂擊而折大夫車軸
大夫怒將執而鞭之婦人曰君子不遷怒不貳過今
于狹路之中妾已極矣而子大夫之僕不肯少引是
以敗子夫夫之車而反執妾豈不遷怒哉既不怒僕
而反怨妾豈不貳過我周書曰無悔鰥寡而畏高明
今子列大夫而不為之表而遷怒貳過釋僕執妾
其微弱豈可謂不悔鰥寡乎吾鞭則鞭耳惜子大夫
之喪善也大夫慙而無以應遂釋之而問之對曰妾

楚野之鄙人也大夫曰盍從我于鄭乎對曰既有狂
夫昭氏在内矣遂去君子曰辯女能以辭免詩云惟
號斯言有倫有脊此之謂也

頌曰

辯女獨乘　遇鄭使者　鄭使折軸　辯女忿懟
女陳其寃　点有其序　鄭使憨去　不敢談語

阿谷處女者阿谷之隧浣者也孔子南遊過阿谷之
隧見處子珮瑱而浣孔子謂子貢曰彼浣者其可與
言子抽觴以授子貢曰為之辭以觀其志子貢曰我
北鄙之人也自北徂南將欲之楚逢天之暑我思譚
譚願乞一飲以伏我心處子曰阿谷之隧隱曲之地
其水一清一濁流入于海欲飲則飲何問乎婢子授
子貢觴迎流而挹之奐而棄之從流而挹之滿而溢
之跪置沙上曰禮不親授子貢還報其辭孔子曰丘
已知之矣抽琴去其軫以授子貢曰為之辭子貢往

〈六卷〉 十一

曰嚮者聞子之言穆如清風不拂不窹私復我心有
琴無軫願借子調其音處子曰我鄙野之人也陋固
無心五音不知安能調琴子貢以報孔子孔子曰丘
已知之矣過賢則賓抽絺綌五兩以授子貢曰為之
辭子貢往曰吾北鄙之人也自北徂南將欲之楚有
絺綌五兩非敢以當子之身也願注之水旁處子曰
行客之人嗟然永久分其資財棄于野鄙妾年甚少
何敢受子：不早命切有狂夫名之者矣子貢以告
孔子孔子曰丘已知之矣斯婦人達于人情而知禮
詩云南有喬木不可休息漢有遊女不可求思此之

謂也

頌曰

孔子出遊　阿谷之南　異其處子　歌觀其風

子貢三反　女辭辯深　子曰達情　知禮不淫

趙津女娟

趙津女娟者趙河津之女趙簡子之夫人也初簡子
南擊楚與津吏期簡子至津吏醉卧不能渡簡子欲
殺之娟懼持楫而走簡子曰女子走何為對曰津吏
息女妾父聞主君來渡不測之水恐風波之起水神
動駭故禱祠九江三淮之神供其備禮御釐受福不
勝玉祝杯酌餘瀝醉至于此君欲殺之妾願以鄙軀
易父之死簡子曰非女子之罪也娟曰主君欲因其
醉而殺之妾恐其身之不知痛而心不知罪也若不
罪殺之是殺不辜也宜醒而殺之使知其罪簡子
曰善遂釋不誅簡子將渡用楫者少一人娟攘卷操
楫而請曰妾願備父持楫簡子曰不穀將行選士大
夫齋戒沐浴羕不與婦人同舟而渡也娟對曰妾聞
昔者湯伐夏左驂牝驪右驂牝驤而遂放桀武伐
殷左驂牝騏右驂牝�而遂克紂軍于華山之陽主
君不歆渡則巳與妾同舟又何傷乎簡子悅遂與渡
中流為簡子發河激之歌其辭曰升彼阿兮面觀清
水揚波兮杳冥三禱求福兮醉不醒誅將加兮妾心
驚罰既釋兮瀆乃清妾持楫兮操其維蛟龍助兮
將歸呼來擢兮行勿疑簡子大悅曰昔者不穀夢娶

妻豈此女乎將使人祝禱以為夫人娟乃再拜而辭
曰夫婦人之禮非媒不嫁嚴親在內不敢聞命遂辭
而去簡子歸乃納幣于父母而立以為夫人君子曰
女娟通達而有辭詩云來遊來歌以矢其音此之謂
也

頌曰

趙簡渡河　津吏醉荒　將歌加誅　女娟恐惶
操撇進說　父得不喪　維久難嚴　終遂發揚

趙佛肸母

趙佛肸母者趙之中牟宰佛肸之母也佛肸以中牟畔趙之法以城畔者身死家收佛肸之母將論自言我死不當士長問其故母曰為我通于主君乃言不通則老婦死而已士長為之言于襄子襄子問其故母曰不得見主君則不言于是襄子見而問之曰不當死何也母曰妾之當死然何也襄子曰而子反母曰子反母何為當死襄子曰母不能教子故使至于反母何為不當死母曰吁以主君殺妾為有說也乃以母無教耶妾之職盡久矣此乃在于主君妾聞

子少而慢者母之罪也長而不能使者父之罪也今妾之子少而不慢長又能使妾何負哉妾聞之子少則為子長則為友夫死從子妾能為君長子君自擇以為臣妾之子與在論中此君之臣非妾之子君有暴臣妾無暴子是以言妾無罪也襄子曰善夫佛肸之反寡人之罪也遂釋之君子曰佛肸之母一言而發襄子之意使行不遷怒之德以免其身詩云既見君子我心寫兮此之謂也

頌曰
佛肸既叛　其母任理　將就于論　自言襄子

陳列母職
子長在君 襄子說之
遂釋不誅
六卷
十六

齊威虞姬

虞姬者名娟之齊威王之姬也威王即位九年不治
委政大臣佞臣周破胡專權擅勢嫉賢妒姬即墨大
夫賢而日毀之阿大夫不肖反日譽之虞姬謂王曰
破胡讒諛之臣也不可不退齊有北郭先生者賢明
有道可置左右破胡聞之乃惡虞姬曰其幼弱在于
閭巷之時嘗與北郭先生通王疑之乃閉虞姬于九
層之臺而使有司即窮驗問破胡賂執事者使竟其
罪執事者誣其詞而上之王視其詞不合于意乃召
虞姬而自問焉虞姬對曰妾娟之幸得蒙先人之遺
體生于天壤之間去蓬廬之下侍明王之讌眠附王
蓄鷹床蔽席供執掃除掌湯沐至今十餘年矣悾
悾之心冀幸補一言而為邪臣所橋湮于百重之下
不意大王乃復見與之語妾聞玉石墜泥不為汙柳
下覆寒女不為亂積之于妻故不見疑也經瓜田
不納履過李園不整冠妾不避此罪一也既陷難中
有司受賕聽用邪人卒見罔冒不能自明妾聞寡婦
哭城々為之崩亡士嘆市々為之罷誠信發內感動
城市妾之冤明于白日雖號于九層之內而眾人
真為毫釐妾之罪二也既有汙名而加此二罪竊固

不可以生所以生者為莫白妾之汙名也且自古有
之伯奇放野申生被患孝順至明反以為殘妾既當
死不復重陳然顧戒大王羣臣為邪破胡最甚王不
執政國殆危矣于是王大寤出虞姬顯之于朝市封
即墨大夫以萬戶烹阿大夫與周破胡遂起兵收故
侵地齊國震懼人知烹阿大夫不敢飾非務盡其職
齊國大治君子謂虞姬好善詩云既見君子我心則
降此之謂也

頌曰

齊威情政　不治九年　虞姬譏刺　反害其身
姬列其事　上指皇天　威王覺寤　卒距強秦

齊鍾離春

鍾離春者齊無鹽邑之女宣王之正后也其為人極
醜無雙臼頭深目長指大節卬鼻結喉肥項少髮折
腰出胸皮膚若漆年四十無所容入街嫁不售流棄
莫執于是乃拂拭短褐自詣宣王謂謁者曰妾齊之
不售女也聞君王之聖德願備後宮之掃除頓首司
馬門外唯王幸許之謁者以聞宣王方置酒于漸臺
左右聞之莫不掩口大笑曰此天下強顏女子也宣
不異我于是宣王乃召見之謂曰昔者先王為寡人
娶妃匹皆已倫有列位矣今女子不容于鄉里布衣

而歃于萬乘之主亦有何奇能我鍾離春對曰無有
特竊慕大王之美義耳王曰雖然何喜良久曰竊嘗
喜隱宣王曰隱固寡人之所願也試一行之言未畢
忽然不見宣王大驚立發隱書而讀之退而推之又
未能得明日又更召而問之不以隱對但揚目衝齒
舉手拊膝曰殆哉殆哉如此者四宣王曰願遂聞命
鍾離春對曰今大王之君國也西有衡秦之患南有
強楚之讐外有二國之難內聚奸臣眾人不附春秋
四十壯男不立不務眾子而務婦尊而好忽所恃
一旦山陵崩弛社稷不定此一殆也漸臺五重黃金

白玉琅玕籠疏翡翠珠璣幕絡連餚萬民罷極此二
殆也賢者匿于山林諂諛強于左右邪偽立于本朝
諫者不得通入此三殆也飲酒沉湎以夜繼晝女樂
俳優縱橫大笑外不修諸侯之禮內不秉國家之治
此四殆也故曰殆哉殆于是宣王喟然而嘆曰痛
我無監君之言乃今一開于是折漸臺罷女樂退諂
諫去雕琢選兵馬實府庫四辟公門招進直言延及
側陋卜擇吉日立太子進慈母拜無監君為后而齊
國大安者醜女之力也君子謂鍾離春正而有辭詩
云既見君子我心則喜此之謂也

頌曰

無鹽之女　千說齋宣　分別四殆　稱國亂煩

宣王涅之　四辟公門　遂立太子　拜無鹽君

齊宿瘤女

宿瘤女者齊東郭採桑之女閔王之后也項有大瘤故號曰宿瘤初閔王出遊至東郭百姓盡觀宿瘤採桑如故王怪之召問曰寡人出遊車騎甚衆百姓無少長皆棄事來觀汝採桑道旁曾不一視何也對曰妾受父母教採桑不受教觀大王王曰此奇女也惜哉宿瘤女曰婢妾之職屬之不二予之不忘中心謂何宿瘤何傷王大悅之曰此賢女也命後乘載之女曰賴大王之力父母在内使妾不受父母之教而隨大王是奔女也大王又安用之王大慚曰寡人失之

又曰貞女一禮不備雖死不從于是王遣歸使使者以金百鎰往聘迎之父母驚惶欲洗沐加衣裳女曰如是見王則變容更服不見識也請死不往于是如故隨使者閔王歸見諸夫人告曰今日出遊得一聖女今至斥汝屬矣諸夫人皆怪之盛服而衛遲其至也宿瘤駭宮中諸夫人皆掩口而笑左右失貌不能自止王大慚曰且無笑不飾與夫飾固相去十百也女曰夫飾相去千萬尚不足言何獨十百也王曰何以言之對曰性相近習相遠也昔者堯舜桀紂俱天子也堯舜自飾以仁義雖為天子安于節儉

菜茹不剪采祿不斷後宮衣不重采食不重味至今
數千歲天下歸善焉桀紂不自飾以仁蒙習為苛文
造為高臺深池後宮蹈綺縠弄珠玉意非有饜時也
身死國亡為天下笑至今千餘歲天下歸惡焉由是
觀之飾與不飾相去千萬尚不足言何獨十百也于
是諸夫人皆大慙閔王大感癉女以為后此令甲宮
室填池澤損膳減樂後宮不得重采期月之間化行
鄰國諸侯朝之侵三晉懼秦楚一立帝號閔王至于
此也宿癉女有力焉及女死之後燕遂屠荼閔王逃
亡而弒死于外君子謂宿癉女通而有禮詩云菁菁
者莪在彼中阿既見君子樂且有儀此之謂也

頌曰

齊女宿癉　東郭採桑　閔王出遊　不為變常
王召與語　諫辭甚明　卒升后位　名聲光榮

六卷　二十三

齊孤逐女

孤逐女者齊即墨之女齊相之妻也初逐女孤無父
母狀甚醜三逐于鄉五逐于里過時無所容齊相婦
死逐女造襄王之門而見謁者曰妾三逐于鄉五逐
于里孤無父母擯棄於野無所容止願當君王之盛
顏盡其愚辭左右復于王王輟食吐哺而起左右曰
三逐于鄉者不忠也五逐于里者少禮也不忠少禮
之人王何為遽王曰子不識也夫牛鳴而馬不應非
不聞牛聲也異類故也此人必有與人異者矣遂見
與之語三日始一日曰大王知國之柱乎王曰不知

明

逐女曰柱相國是也夫柱不正則棟不安棟不安則榱橑墮榱橑墮則屋樂覆矣王則棟矣庶民榱橑也國家屋也夫屋堅與不堅在乎柱國家安與不安在乎相今大王既有明哲而國相不可不審也王曰諾其二日王曰吾國相奚若對曰王之國相比目之魚也外比內比然後能成其事就其功王曰何謂也逐女對曰明其左右賢其夫妻是外比內比也其三曰王曰吾相其可乎逐女對曰其可也中才也求之未可得也如有過之者何為不可也今則未有妾聞明王之用人也推一而用之故楚用虞丘子而得孫叔敖用郭隗而得樂毅大王誠能屬之則此可用矣王曰吾用之柰何逐女對曰昔者齊桓公尊九九之人而有道之士歸之越王敬螳蜋之怒而勇士死之葉公好龍而龍為暴下物之所徵固不須頃王曰善遂尊相敬而事之以逐女妻之齊國以治詩云既見君子並坐鼓瑟此之謂也

頌曰
齊孤逐女造襄王門女雖五逐王猶見焉譚國之政甚有文與語三日逐配相君

楚處莊姪

楚處莊姪者楚頃襄王之夫人縣邑之女也初頃襄
王好臺榭出入不時行年四十不立太子諫者嚴塞
屈原放逐國既始矣秦欲襲其國乃使張儀間之使
其左右謂王曰南遊于唐五百里有樂焉王將往是
時莊姪年十二謂其母曰王好淫樂出入不時春秋
既盛不立太子今秦又使人重賂左右以惑我王使
遊五百里外以觀其勢王已出姦臣必倍敵國而棄
謀王必不得反國姪願往諫之其母曰汝嬰兒也安
知諫不遣姪乃逃以緤竿為幟姪持幟伏南郊道旁

壞　強

王車至姪舉其幟王見之而止使人往問之使者報
曰有一女童伏于幟下顧有謂于王王曰召之姪至
王曰女何為者也姪對曰妾縣邑之女也欲言隱事
于王恐壅關嚴塞而不得見聞大王出遊五百里因
以幟見王曰子何以戒寡人姪對曰大魚失水有龍
無尾墻欲內崩而王不視王曰不知也姪對曰大魚
失水者王離國五百里也樂之於前不思禍之起于
後也有龍無尾者年既四十無太子也國無彊輔必
且殆也墻欲內崩而王不視者禍亂且成而王不攺
也王曰何謂也姪曰王好臺榭不恤眾廢出入不時

壞強秦使人內間王左右使王不攺滋日以甚今禍
且攜王遊于五百里之外王必遂往國非王之國也
王曰何也姪曰王之致此三難也以五患王曰何謂
五患姪曰宮室相望城郭潤遠一患也宮垣衣繡民
人無褐二患也奢僣無度國且虛竭三患也百姓飢
餓馬有餘秣四患也邪臣在側賢者不逹五患也王
有五患故及三難王曰善命後車載之立還反國門
已閉反者已定王乃發鄢郢之師以擊之僅能勝之
乃立姪為夫人立在鄭子袑之右為王陳節儉愛人

之事楚國復強君子謂莊姪雖違于禮而終守以正

詩云北風其喈雨雪霏霏惠而好我攜手同歸此之
謂也

頌曰

楚處莊姪　雖為女童　以幟見王　陳國禍凶

諫王三難　五患累重　王載以歸　終卒有功

齊女徐吾者齊東海上貧婦人也與鄰婦李吾之屬
會燭相從夜績徐吾最貧而燭數不屬李吾與其屬
曰徐吾燭數不屬請無與夜也徐吾曰是何言與妾
以貧燭不屬之故起常先息常後灑掃陳席以待来
者自與蔽薄坐常處下凡為貧燭不屬故也夫一室
之中益一人燭不為暗損一人燭不為明何愛東壁
之餘光不使貧妾得蒙見哀之恩長為妾後之事使
諸君常有恵施于妾不亦可乎李吾莫能應遂復與
夜終無後言君子曰婦人以辭不見棄于鄰則辭安
可以已乎詩云辭之輯矣民之協矣此之謂也

頌曰
齊女徐吾　會績獨貧　夜託燭明　李吾絶焉
徐吾自列　辭語甚分　卒得容入　終沒後言

六卷　二十九

齊太倉女

齊太倉女者漢太倉令淳于公之少女也名緹縈淳
于公無男有女五人孝文皇帝時淳于公有罪當刑
是時肉刑尚在詔獄繫長安當行會逮公罵其女曰
生子不生男緩急非有益緹縈自悲泣而随其父至
長安上書曰妾父為吏齊中皆稱廉平今坐法當刑
妾傷夫死者不可復生刑者不可復屬雖欲改過自
新其道無由也妾願入身為官婢以贖父罪使得自
新書奏天子憐悲其意乃下詔曰蓋聞有虞之時畫
衣冠異章服以為示而民不犯何其至治也今法有

肉刑五而姦不止其咎安在非朕德薄而教之不明
歟吾甚自媿夫訓道不純而愚民陷焉詩云愷悌君
子民之父母今人有過教未施而刑已加或欲改
行為善而其道無繇朕甚憐之夫刑至斷支體刻
肌膚終身不息何其痛而不德也豈稱為民父母之
意朕其除肉刑自是之後鑒顛者髡抽脅者笞削之
者鉗淳于公遂得免焉君子謂緹縈一言發聖主之
意可謂得事之宜矣詩云辭之懌矣民之莫矣此之
謂也

頌曰

緹縈訟父　亦孔有識　推誠上書　文雅甚備
小女之言　乃感聖意　終除肉刑　以免父事

六卷　三十一